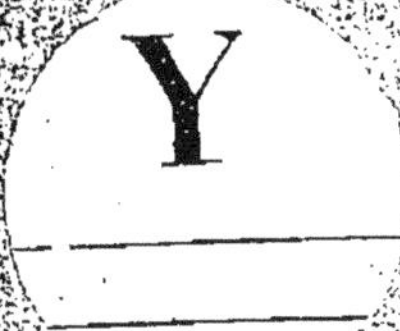

*Yc (fait)

Ye

20443

HÉRO

A

LÉANDRE,

HÉROÏDE NOUVELLE.

HÉRO

A

LÉANDRE,

HÉROÏDE NOUVELLE,

AVEC UNE TRADUCTION LIBRE
de la Fable de Narcisse, tirée d'OVIDE.

PAR l'Auteur de JULIE & *de* PHILOMELE.

(Dorat)

M. D. C C L I X.

Dorat

AVERTISSEMENT.

Ovide a traité ce sujet ; il y a répandu ces graces variées, ce coloris voluptueux qui caracté-risent tous ses Ouvrages. Mais comme le sentiment ne se traduit point ; je me suis rempli des idées du Poëte Latin, sans m'en rendre l'esclave. J'ai joint à cette Héroïde une imitation de la Fable de Narcisse, que l'on sçait être du même Poëte ; j'ai crû que ces deux Morceaux réunis pourroient être agréables.

HÉRO
A
LÉANDRE.

Uoi ! Trois jours sans te voir, trois
jours sont écoulés !
Rends le calme, Léandre, à mes sens
désolés.

Quel obstacle nouveau te retient sur la rive ?

Je tremble, tout m'allarme, une Amante est crain-
tive.

Tu peux par mille jeux varier tes plaisirs,

Ecarter les ennuis, & charmer tes loisirs;

Tu peux, sourd à ma voix, dans l'ardeur qui t'entraîne,

Conduire un char rapide, & voler sur l'arene.

Ou bien, armant ton bras d'inévitables traits,
Nouvel Endimion, errer dans les forêts;
Mais moi, tu le sçais bien, par l'Amour asservie,
A ce Dieu dès long-tems j'ai consacré ma vie.
L'Amour de tous ses feux voulut me consumer,
Je ne veux, je ne puis, & je ne sçais qu'aimer.

Le jour à peine fuit, pleine de ton image,
Je m'arrache au sommeil, & je vole au rivage;
Là, jettant sur les mers des regards furieux,
J'accuse avec transport & les vents & les Dieux,
Je frémis, je crois voir, dans ma frayeur extrême,
Chaque flot qui s'élève engloutir ce que j'aime;
Et dès qu'un calme heureux renaît au fein des eaux,
Je m'écrie à travers les pleurs & les sanglots:
» Ne peut-il pas venir? Que fait-il? Qui l'arrête?
» Pour quitter le rivage, attend-il la tempête?

Qu'est devenu ce tems, où ton cœur amoureux
Sembloit dans les dangers puiser de nouveaux
 feux?
Je t'ai vû mille fois, malgré l'onde irritée,
Malgré les cris perçans d'une Amante agitée,
Je t'ai vû, sous un Ciel étincelant d'éclairs,
Lutter contre les vents déchaînés dans les airs,

Vaincre les élémens, & fier de ton courage,

T'applaudir dans mes bras d'avoir bravé l'orage,

L'Amour s'étonne-t-il des périls, des travaux?

L'Amour, ainsi que Mars, n'a-t-il pas ses Héros?

Il te guidoit alors : Quel changement extrême!

Tu trembles maintenant, au sein du calme même.

Sur ces bords où je sais, cruel, que tu n'es pas,

Je cherche à découvrir la trace de tes pas ;

Si l'on revient des lieux que mon Amant habite,

Vainement on voudroit éviter ma poursuite,

On ne voit, on n'entend, on ne trouve que moi,

A l'Univers entier je m'informe de toi.

C'est peu : tes vêtemens, seul gage qui me reste,

Quand le jour te rappelle en ton Isle funeste,

Des charmes d'un Amant, voiles trop enchanteurs,

Je les couvre cent fois de baisers & de pleurs :

Pardonne ce transport, il te peint ma tendresse,

Et l'Amour ne sçait point rougir de sa foiblesse.

Mais si-tôt que la nuit, favorable à mes feux,

Etend sur l'horison ses voiles ténébreux,

Appellant près de moi ma compagne fidèle,

Sur cette tour fameuse, où je vole avec elle,

D'une tremblante main j'allume des flambeaux,

J'implore en foupirant le Monarque des eaux ;

Et mes yeux, parcourant l'obfcurité profonde,

Dont l'horreur couvre au loin les vaftes champs de
    l'onde,

Je voudrois que le Dieu, dont nous portons les fers,

Fît un aftre nouveau, pour éclairer les mers.

   » O toi, de mes ennuis confidente chérie,

» Parle, porte l'efpoir dans mon ame attendrie.

» Viendra t-il ? Penfes-tu qu'il fe foit échappé ?

» Je l'entends... Ah ! mon cœur fe feroit-il trompé ?

» Je ne me trompe point... oui c'eft lui, c'eft lui-
    même,

Il approche.... Je vais revoir tout ce que j'aime....

Rentrez, noirs Aquilons, dans vos fombres cachots,

C'eft un Dieu, c'eft l'Amour qui traverfe les flots.

Je prête en ce moment une oreille attentive,

Et toûjours mes regards font fixés fur la rive ;

Le bruit le plus lointain, le moindre mouvement,

Tout me faifit, m'agite & m'annonce un Amant.

   Si je fuccombe enfin au fommeil qui m'accable,

Le fommeil te ramene, & tu n'es plus coupable.

Je crois te voir, le front couronné de roseaux,

Pour voler dans mes bras, sortir du sein des eaux. ...

Fuyés, prestiges vains que suivent les allarmes :

Les songes de l'Amour ont pour moi peu de charmes.

Pour goûter mon bonheur, je veux jouir du tien,

Je veux sentir ton cœur palpiter sur le mien....

Que le vent siffle alors, & que la foudre gronde,

Que tout dans l'Univers s'écroule & se confonde,

Que la mer, s'élançant au céleste séjour,

Par d'éternels remparts s'oppose à ton retour,

Je brave sa fureur : satisfaite & tranquille,

Le sein de mon Amant deviendra mon azile :

Que dis-je ? Anéantie, & ne songeant qu'à toi,

Tout ce désordre affreux viendra-t-il jusqu'à moi ?

Pourquoi donc me laisser languir loin de ta vûe ?

Viens calmer les tourmens d'une Amante éperdue,

Viens consoler un cœur, plongé dans les ennuis :

Est-ce ainsi qu'auroient dû s'écouler tant de nuits ?

Je ne sçais que penser ; réponds-moi, qui t'arrête ?

Crains-tu pour ton retour ? Hé bien, me voilà prête,

J'irai, n'en doute pas, m'élancer dans les eaux,

J'apprendrai de l'Amour à traverser les flots,

Bravant tous les périls, qu'une femme redoute,
Vers toi ces foibles bras s'ouvriront une route.
A ma rencontre alors craindras-tu de voler ?
Les écueils & les vents pourront-ils te troubler ?
Oui, je te rejoindrai sur les plaines profondes,
L'Amour autour de nous enflammera les ondes,
Et leur voile brillant fecondant nos defirs,
Aux regards des jaloux cachera nos plaifirs.

Malheureufe ! où laiffai-je égarer ma tendreffe ?

L'Amour infortuné doit avoir moins d'ivreffe.
Dans l'ombre des ennuis mon cœur enveloppé,
De ces illufions peut-il être occupé ?
De ton abfence enfin j'ai pénétré la caufe,
Une Amante nouvelle à mon bonheur s'oppofe,
Et tes coupables feux, tes defirs inconftans
Sont plus à redouter que les flots & les vens.

Ainfi tu me trahis..... Non je ne puis le croire,
Je détefte un foupçon qui blefferoit ta gloire :
Tu fçais qu'à cet affront je ne furvivrois pas,
Pour prix de tant d'ardeur, voudrois-tu mon trépas ?
Ton Amante, grands Dieux, deviendroit ta victime !
Tu me l'as dit cent fois, l'inconftance eft un crime.

Rappelle tes difcours, rappelle ces momens

Où le plaifir lui-même a dicté tes fermens;

Ce font eux, qu'en tremblant aujourd'hui je ré-

    clame :

Mes attraits ; tu le fçais, ont des droits fur ton ame ;

Si j'ofe les vanter, cet orgueil m'eft permis,

Je les tiens de toi feul, c'eft toi qui m'embellis :

Comme on voit cette fleur qui femble aimer encore,

Sans cefle regarder l'Aftre qui la colore ;

Ainfi, fur mon Amant l'œil fans cefle arrêté,

J'emprunte de lui feul mes graces, ma beauté,

Il pénètre mes fens par fa douce lumière ;

C'eft le Dieu que j'adore, & l'Aftre qui m'éclaire...

Quel défordre charmant ! Quel efpoir enchanteur

Porte un calme fecret dans le fond de mon cœur.

    Déja l'obfcure nuit a déployé fes voiles,

Et dans un fombre azur brille l'or des étoiles :

Morphée a fufpendu les maux de l'Univers.

Dieux ! Quelle volupté fe répand dans les airs !

Ces chênes, fi fouvent agités par l'orage,

Elèvent jufqu'aux Cieux leur immobile ombrage.

La Terre exhale au loin les plus douces odeurs,

L'haleine du Zéphire, & le parfum des fleurs,

Ce silence profond, cette mer plus tranquille,

Qui semble se jouer autour de cet azile,

Ce calme, cette nuit plus belle qu'un beau jour,

Tout annonce à mon cœur le plaisir & l'amour.

J'accepte, cher Léandre, un si charmant augure;

Oui, c'est toi dont l'approche embellit la nature,

Viens, vole dans mes bras.... Mais quel horrible
    bruit

A troublé tout-à-coup le silence & la nuit?

Le Ciel, de toutes parts, armé d'éclairs funébres,

M'offre un jour menaçant à travers les ténèbres.

Ce nuage, poussé par les Tirans du Nord,

Dans ses flancs enflammés m'apporte-t-il la mort?

Et tous les élémens, détruisant mon attente,

Se sont-ils réunis pour confondre une Amante?

  O toi, qui dans tes mains tiens le sceptre des eaux,

Contre moi quelle rage a soulevé tes flots?

Quoi! de Laomédon Léandre est-il complice?

Léandre a-t-il trempé dans les fraudes d'Ulysse?

D'où vient tant de courroux, à me perdre animé?

Toi, qui punis l'Amour, n'as-tu jamais aimé?

Engloutis dans le sein de tes vagues profondes ;

L'Intérêt, dont les loix ont maitrisé tes ondes,

La fière Ambition, les projets des Tirans :

Arme contre le crime & la foudre & les vents ;

Mais que t'a fait hélas ! un mortel plein de charmes,

Epargne mon Amant, & respecte mes larmes ;

Redoute la fureur de l'Amour outragé,

Et souviens-toi surtout qu'il peut être vengé.

Léandre, garde-toi, c'est Héro qui t'en prie,

De confier aux flots mon espoir & ma vie :

Demeure, je le veux : & toi, fille des Mers,

Que le plaisir forma, pour charmer l'Univers,

Toi qui sçais, au milieu des horreurs de la guerre,

Du Tiran de la Thrace enchaîner le tonnerre,

Toi, que l'on vit brûler pour le jeune Adonis,

Et porter dans ton cœur tous les feux de ton fils :

Nous aimons toutes deux, notre cause est commune,

Protége mon amour contre Eole & Neptune.

Ces Dieux, ces Dieux si fiers sont soumis à tes loix,

Parle, ordonne, ô Déesse, ils entendront ta voix.

Mais si Léandre enfin, plein d'un feu moins timide,

S'étoit laissé tromper par un calme perfide,

Si frappé de la foudre.... Ah Ciel! Quel jour affreux!

Vient percer le nuage épaiſſi ſur mes yeux!

Me trompai-je?.... Ecoutons.... J'entends ſur cette
    rive

Les accents d'une voix douloureuſe & plaintive.

D'une ſecrette horreur tous mes ſens ſont ſaiſis....

Qui m'appelle?... Eſt-ce toi? Léandre, je te ſuis....

Ah! Dans ce moment même, englouti par l'abîme,

Il expire peut-être, & ſa mort eſt mon crime!

Tombeau de mon Amant, effroyable ſéjour,

Rends-le moi, tel qu'il eſt, obéis à l'Amour.

Ciel, mes baiſers brûlans, vont, malgré ta furie,

Ranimer dans ſon cœur les germes de la vie,

Où, je pourrai du moins, le ſerrant dans mes bras,

Expirer de douleur, & venger ſon trépas!

Où ſuis-je? Je ſuccombe à cette horrible image.......

Déja je ne vois plus le Ciel ni le rivage.....

Léandre.... je ne puis.... tous mes efforts ſont vains....

Je me meurs.... & la plume échappe de mes mains.

NARCISSE,

Traduction libre d'OVIDE.

Dans ces lieux une source & transparente &
    pure,
S'échappoit sur un lit de fleurs & de verdure ;
Là jamais les Bergers ne menoient leurs troupeaux
Rien n'altéroit jamais la beauté de ses eaux ;
D'une épaisse forêt l'obscurité sacrée,
Aux rayons du Soleil en défendoit l'entrée.
Au retour de la chasse, en ce fatal séjour,
Narcisse fatigué fuit la chaleur du jour.
Mais en voulant calmer la soif qui le dévore,
Il sent naître une soif plus dévorante encore.
A l'aspect imprévû de sa propre beauté,
Immobile, & rêveur, il demeure enchanté ;
Il se contemple, il brûle, étonné de lui-même,
Et prête un corps, hélas ! à cette ombre qu'il aime.
Étendu tristement sur ces bords trop flatteurs,
Il admire ses yeux, embellis par ses pleurs,

B

Ces longs cheveux flottans, fit il est idolâtre

Ce col plus éclatant, & plus blanc que l'albâtre,

Cette noble pudeur, & ce tendre incarnat,

Qui des lis de son teint anime encor l'éclat.

Il ne peut résister au charme qui l'attire ;

Il languit, il désire, & c'est lui qu'il désire.

Il est en même-tems l'Amant, l'objet aimé,

Il allume le feu, dont il est consumé.

Combien de fois, trompé par ces ondes perfides,

Leur donna-t-il en vain mille baisers avides !

Malheureux ! Il s'épuise en efforts superflus,

Il voudroit se saisir, & ne se trouve plus !

Il ne sçait ce qu'il voit ; mais ce qu'il voit l'en-
    flamme ;

Et son erreur ne sert qu'à redoubler sa flamme.

Insensé ! Quel phantôme ici te fait la loi,

Fui ces lieux, il te suit, il va fuir avec toi.

Vains discours ! Il se meurt, & cependant il reste :

Rien ne peut l'arracher à cette onde funeste.

Le sommeil & la faim sur lui sont sans pouvoir,

Il s'enyvre à longs traits du plaisir de se voir ;

Et, le cœur dévoré d'une ardeur inconnue,

Il puise dans ses yeux le poison qui le tue.

Vastes forêts, dit-il, aziles ténébreux,
Où tant d'Amants discrets ont soupiré leurs feux,
Oui, j'en prends à témoin, votre antique feuillage,
Depuis qu'à leurs plaisirs vous prêtez votre ombrage,
Et que vous les cachez dans vos sombres détours,
Avez-vous jamais vû d'aussi cruels amours?
Je vois ce qui me plaît, ce qui seul peut me plaire,
Je le vois, je l'adore, & c'est une chimere !
Mais ce qui rend encor mes tourmens plus amers,
Ce ne sont point des monts, des rochers & des
    mers,
Ni d'un rempart d'airain l'intervalle barbare,
C'est l'eau d'une fontaine hélas ! qui nous sépare.
Lui-même, à mes désirs bien loin de s'opposer,
Sur cette eau chaque fois que j'imprime un baiser,
Chaque fois de la mienne il approche sa bouche ;
Le cruel ! il m'échappe, alors que je le touche.
Que peu de chose nuit au bonheur des Amants !
O toi qui que tu sois, viens calmer mes tourmens.
Pourquoi donc me fuis-tu ? Par quel destin con-
    traire,
Ne puis-je te fléchir, t'attendrir, & te plaire!

B iij

Ma jeuneſſe pour toi n'eſt-elle d'aucun prix ?
Des Nimphes ont aimé l'objet de tes mépris.
Que dis-je ? J'entrevois un rayon d'eſpérance :
Sur cette onde attaché , quand vers toi je m'élance ,
Lorſque je tends les bras, je rencontre les tiens ?
Oui tous tes mouvemens ſont l'image des miens :
Tu ris , lorſque je ris : ſenſible à mes allarmes ,
Tu parois à mes pleurs mêler auſſi tes larmes ,
Tu rends geſte pour geſte , & même en ce moment,
Si ce n'eſt pas encore un doux enchantement,
Tu ſembles me parler , & , fidéle interprête ,
Ce que ma bouche dit, ta bouche le répéte.
Trop aimables accens , qui ſont perdus pour moi !
Où vais-je m'égarer ? Que ſuis-je autre que toi ?
Je ne me trompe point, j'adore mon image,
Quel Amant dût jamais prétendre davantage !
Je poſſéde , je ſuis l'objet de mon déſir ,
Et je n'en jouis point à force d'en jouir.
Puiſſai-je être à jamais ſéparé de moi-même !
Puiſſe s'anéantir le bel objet que j'aime !
Quel vœu pour un Amant ! je céde à ma douleur :
De mes jours preſqu'éteints l'amour ſéche la fleur.

Déja la mort s'approche, & je la vois sans peine :
Elle va triompher du charme qui m'entraîne.
Il revient à la source, en prononçant ces mots ,
Et d'un torrent de pleurs il en trouble les eaux.
Son image à l'inftant s'obscurcit & s'efface :
Quoi ! Tu me fuis barbare ? Ah ! demeure par grace ,
Dit-il, ah ! laiffe-moi jouir de mon erreur,
Irriter ma bleffure, & nourrir ma fureur.
Ne pouvant rien de plus, au moins que je te voie :
Pourrois-tu me ravir cette cruelle joie ?
Narciffe alors découvre & meurtrit fon beau fein :
Les rofes & les lis s'y confondent foudain.

Tel l'api radieux que la pourpre colore,
Unit à fa blancheur tout l'éclat de l'Aurore :
Tel ce fruit précieux, de la treille ornement,
Du plus vif incarnat fe dore en mûriffant.
Auffi-tôt que dans l'onde il eût vû fon ouvrage,
Il n'en put foutenir la douloureufe image :
Comme au premier rayon d'un jour pur & ferein ,
S'exhale dans les airs la vapeur du matin ;
Comme à l'afpect du feu, l'on voit fondre la cire ,
Ainfi périt Narciffe, il fuccombe, il expire ;

Ses yeux, mouillés de pleurs, vont se fermer au jour :

Il meurt enfin brûlé, consumé par l'amour.

Mais, tout mourant qu'il est, il se retourne encore,

Vers l'onde qui lui peint une ombre qu'il adore,

La mort ne peut glacer le feu de ses desirs,

Et sa cruelle erreur a ses derniers soupirs.

FIN.

22. oct. 1775.